UNE

BIBLIOTHÈQUE

PAR QUARTIER

PAR

JULES LERMINA

—

PRIX : 50 c.

PARIS

POULET-MALASSIS ET DE BROISE

LIBRAIRES-ÉDITEURS

97, rue Richelieu et passage Mirès, 86.

—

1861

UNE
BIBLIOTHÈQUE
PAR QUARTIER

PAR

JULES LERMINA

PARIS

POULET-MALASSIS ET DE BROISE

LIBRAIRES-ÉDITEURS

97, rue Richelieu et passage Mirès, 20.

1861

Alençon. — Typographie Poulet-Malassis et De Broise

UNE

BIBLIOTHÈQUE

PAR QUARTIER

—

I

DU DÉSIR D'APPRENDRE

Depuis quelques mois, on a beaucoup dit et écrit contre les Brochures ; et en vérité, nous nous étonnons d'un déchaînement à notre avis inopportun et nous regrettons qu'une aussi inconcevable animosité se soit élevée contre cette forme littéraire

Et ce qu'il y a de plus étrange, c'est que ceux-là même qui ont attaqué la Brochure avec tant d'acrimonie, sont les premiers à constater, à déplorer l'atonie qui semble engourdir les intelligences, à réclamer à cors et à cris un réveil de l'esprit.

Eh bien ! la Brochure, par ses nombreuses et incessantes apparitions, ne prouve-t-elle pas que la vie tend à renaître, que l'animation ressuscite dans le grand corps parisien ?

Vive, courte et frappante, la brochure vous jette une idée, bonne ou mauvaise, bien entendu, mais enfin une idée, c'est-à-dire l'expression d'un travail. En cela seul elle est respectable, disons mieux, elle est utile. De plus, elle va facilement d'une main dans une autre, elle est la compagne du penseur et s'attache à l'indifférent, sans qu'il s'en aperçoive, presque à son insu. Pliée dans la poche, elle n'est ni lourde, ni gênante. Vous la lisez en marchant, au lit, sur le gazon, rapidement, entre deux affaires, et sans fatigue, vous vous appropriez une idée nouvelle. Vous jugez, vous appréciez sans efforts, vos facultés s'exercent sans lassitude ; en un mot, vous apprenez.

Est-ce là une utilité ?

Nous le croyons et personne ne nous contredira : nous pensons même que, de sang-froid, ceux qui ont le plus raillé la Brochure dans leur entraînement satirique, comprendront l'inconséquence et l'inanité de leur dédain.

Qu'on nous accable de brochures ! c'est bon signe.

Ceci dit, et à la faveur de ces prémisses, nous venons, cher public, vous offrir une nouvelle brochure : nous tâcherons, s'il nous est possible, de justifier cet orgueilleux préambule, c'est-à-dire, de vous donner en pâture une idée : libre d'ailleurs à vous de l'admettre ou de la rejeter.

Le projet que nous allons vous soumettre nous paraît éminemment pratique ; il répond, croyons-nous, à un besoin réel que l'on appréciera ; il y a là une question personnelle à chacun, un dessein dont la réalisation serait utile à tous ; et entre nous, par amour-propre, nous vous conseillons de soutenir cette idée dans son principe, car ce sera vous donner, aux yeux de tous et de vous-même, un brevet de travailleur et de chercheur convaincu.

Avant d'arriver au fait, il est nécessaire de poser quelques points préliminaires d'où découlera notre démonstration.

La population parisienne que l'on représente incessamment comme le résumé de mille éléments divers, se peut cependant diviser en deux groupes bien tranchés, bien distincts :

Ceux qui travaillent,

Ceux qui ne font rien.

Ces derniers sont les indifférents de toutes les castes et de toutes les classes : ils sont nombreux ; par apathie, par réplétion des jouissances terrestres, ils en sont arrivés à se complaire dans l'éternité d'un *statu quo* moral : vrais mollusques de la civilisation, ils ne songent qu'à s'attacher à un rocher bien lisse, à y vivre au soleil, en remuant le moins possible, et à mourir dans une quiétude que rien ne sera venu troubler.

De ceux-là, nous ne dirons rien ; laissons-les s'atrophier dans leur calme inintelligent.

Mais occupons-nous de cette autre classe d'individus, âpres à l'étude, ambitieux de science, avides de connaître, qui usent leur front contre la croûte de glace que l'ignorance a épaissie au-dessus de la tête du genre humain.

Parmi ceux-là, il en est de tout âge et de toute position : nous ne vous répéterons pas le vieil exemple de Caton, étudiant le grec à 80 ans, d'autant que nous ne préconisons que fort peu l'étude du grec et que nous n'avons nul désir de vous attirer de force dans une voie..... où d'ailleurs vous ne nous suivriez pas.

Mais, entre les travailleurs il est nécessaire d'établir une importante distinction ; tels, par leur position de fortune, par la facilité qu'ils ont de subvenir aux besoins de la vie, peuvent donner à l'étude tout leur temps ; ce n'est pas pour ceux-là que nous avons pris la plume.

Mais voici pour qui nous plaidons.

Nombre de gens reçoivent ce que l'on est convenu d'appeler une éducation libérale.

Pour les uns, cette aridité, cette sécheresse qui est le caractère des travaux de collége, cette assiduité forcée, cette contrainte à rester plié sur du papier noirci d'inepties, l'ennui du mot-à-mot et l'ignorance où l'on vous laisse, peut-être à dessein, de l'esprit, de l'essence même de l'auteur, toutes ces causes produisent à la sortie du collége une aspiration en quelque sorte involontaire vers la liberté : on brise avec joie les entraves du pédant, et, ma foi, vivent l'air, le soleil, la vie, Paris et ses fêtes ! Au diable les bouquins ! Et bien fin celui qui remettra aux doigts de ces jeunes gens un livre ou une plume.

Mais pour les autres, et malgré qu'on en ait, sous le coin du voile soulevé si péniblement et d'une main si lourde par les professeurs, ils ont aperçu, deviné des espaces immenses : à peine libres, ils portent hardiment la main sur ce voile qu'ils déchirent dans toute sa longueur, et par cette ouverture béante, comme par une porte, ils s'élancent dans ce monde qui surgit à leurs yeux étonnés, et se nomme poésie, philosophie, science sociale, histoire raisonnée, économie politique.

Parbleu ! je suis de votre avis : ils erreront quelque temps à l'aventure, ils iront en aveugles, droit devant eux, et se heurteront quelquefois; mais du moins ils ont compris que rien n'était plus vide, plus nul, plus faux que l'enseignement universitaire, et dégagés de ce cilice de plomb qu'on apposait sur leurs épaules, ils sautent à pieds joints par dessus l'échafaudage bâti par le préjugé et la timidité conservatrice, et se mettent, à travers l'infini, à la poursuite de ce *fantôme* bien réel qui s'appelle la Vérité.

II

PARLONS DES BIBLIOTHÈQUES.

Donc, c'est d'abord de la jeunesse que nous nous occupons

Et en effet, quoi qu'en aient dit les déclamateurs impuissants et vieillots, qui peut nier que de 25 à 30 ans l'homme ne possède une force tout exceptionnelle, une vigueur d'expansion, une puissance d'élan que l'on perd avec le temps.

La jeunesse! Ah! je vous entends! Fée folle et inconstante qui bondit sans savoir où elle va, qui se heurte la tête à toutes les parois du temple; aiglon impuissant qui se brise les ailes dans un essor immesuré, se brûle les yeux au soleil et tombe lourdement dans la poussière.

Arrière! vous tous qui calomniez la jeunesse!

La jeunesse, c'est la force, c'est l'énergie de la vapeur, du torrent, énergie qui s'essaie non pas seulement dans les petites choses, dans les appétits sensuels et les jouissances du corps, mais qui entraîne l'âme à tire d'ailes vers la science, permet de supporter la fatigue, l'insomnie : on brise à vingt ans tels obstacles qui vous feraient reculer à cinquante.

Pardonnez-nous de nous être éloignés de notre sujet, nous y revenons sans plus tarder.

Un fait, commun à toutes les classes, écrase aujourd'hui la jeunesse intelligente : c'est la misère, le paupérisme.

Paupérisme absolu, paupérisme relatif.

Misère qui serait richesse au fond de la province, privation des mille joies, mieux encore, des quelques nécessités que Paris est si dur à dispenser.

Aussi tous nos jeunes gens sont-ils, dès le principe, arrêtés dans leur premier élan ; la jambe encore pliée pour bondir, ils sont retenus à la terre, et des hauteurs de l'infini, ils tombent... dans les bas-fonds bureaucratiques.

Voilà le corps et l'esprit rivés devant une table d'acajou ou de bois noirci ; voilà la main pliée sur du papier ministre ou des factures de négociants, voilà l'œil qui suit de haut en bas les colonnes hiéroglyphiques d'une addition interminable.

Mais à ce martyr du besoin une voie secrète ne répète-t-elle pas sans cesse :

— Tu n'es pas seulement la chose d'un patron qui te paie, tu es aussi ta chose, à toi : tu as affermé tes doigts et ta tête pour quelques heures, mais cette journée finira et alors ton initiative personnelle reprendra son empire.

C'est qu'en effet, dans la plupart de ces esprits que les nécessités de la vie sociale contraignent à louer leur travail de la journée, une idée toute personnelle reste immanente : que rêvent-ils ? Le dirons-nous ? Le plus souvent, c'est la gloire !

Quoi qu'il en soit, ces jeunes gens ont la ferme volonté de consacrer leurs soirées, souvent même leurs nuits, à ces œuvres qui rayonnent dans leur imagination et leur montrent l'avenir étincelant de promesses.

Mais par le fait même de leur pauvreté, où demeurent ces jeunes gens ? La cherté des loyers leur permettra-t-elle d'élire domicile dans la Chaussée-d'Antin, dans la rue de Richelieu, en un mot, dans un quartier central de Paris ? Non. Ils sont fatalement relégués dans les quartiers hauts, et logent aujourd'hui à Batignolles, demain à Montmartre, dans huit jours à La Villette ou à Vaugirard.

Suivons donc l'hypothèse d'un jeune homme intelligent, désireux de savoir, cloué toute la journée dans un bureau et ne pouvant user que le soir de sa liberté morale.

Il rentre chez lui et dîne à la hâte.

Puis, mettons-nous à travailler.

Mais dès les premières lignes :

— Oh ! oh ! fait-il ! il me manque un important détail : il me faudrait tel et tel ouvrage.

Il interroge du regard le petit rayon suspendu à l'angle de sa chambre : ledit volume est absent. L'acheter ? C'est un livre sérieux, c'est-à-dire d'une valeur de 5 à 7 fr.

Donc, l'acquisition est impossible.

Voici maintenant la question dans toute sa netteté.

Où notre travailleur trouvera-t-il le volume qui lui fait défaut ? Je vous entends, dans une bibliothèque.

N'oubliez pas d'abord qu'il est huit heures du soir et veuillez nous indiquer dans quelle bibliothèque nous nous rendrons ?

Vous ne répondez rien, mais nous, nous allons vous en indiquer une, c'est la bibliothèque Sainte-Geneviève, en face le Panthéon.

Or, si vous êtes jamais allé à pied de Montmartre au Panthéon, vous reconnaîtrez les rues par lesquelles je vais vous faire passer.

Voici : rue des Martyrs, faubourg Montmartre, rue Montmartre, les Halles, rue des Bourdonnais, rue de la Monnaie, Pont-Neuf, rue Dauphine, passage du Commerce, rue de l'Ecole-de-Médecine, rue des Ecoles, rue des Maçons-Sorbonne, rue de Cluny, rue Soufflot.

A pied, une heure et un quart de chemin.

En omnibus, une heure et quatorze minutes.

Donc, si je pars à sept heures, j'arriverai à huit heures et un quart ; il me faudra repartir à dix heures et refaire le même chemin.

Et d'abord, après une heure et quart de chemin, êtes-vous bien disposé à vous mettre au travail ? Ensuite, ferez-vous volontiers tous les soirs une étape de deux heures et demie ?

Est-ce possible ? Une fois, deux fois, oui. Quatre fois par semaine, non ; tous les jours, encore moins.

Et cependant, outre la pénurie de livres, n'y a-t-il pas souvent mille impossibilités qui viennent s'opposer au travail à domicile ?

Vous avez une petite chambre, sans air ; votre table est étroite, votre chandelle fumeuse, vous éprouvez les mille inconvénients d'un voisinage souvent bruyant et incommode.

Où donc trouver le calme nécessaire à n'importe quelle élucubration, soit de recherches, soit d'imagination ?

N'admettez-vous pas maintenant qu'il est impossible d'aller chercher cette tranquillité au Panthéon ? Pour nous, nous passons condamnation.

Prenez pour exemple un article de petit journal.

Comme la brochure, le petit journal a été en butte aux

plus vives attaques; on l'a bafoué, raillé, vilipendé. On a jeté sur lui des brassées de dédain, voire même de mépris.

Mais permettez-nous de vous le dire : où voulez-vous que la jeunesse s'essaye à écrire? Est-ce dans les grandes feuilles entourées d'un triple cercle de parvenus et d'intrigants?

Æs triplex circa journal erat.

Non, ceux-là seuls admettent les jeunes qui sont jeunes, les petits enfants seuls accueillent les petits enfants.

Pour faire mon article, j'irai chercher la table d'un café où du moins j'aurai chaud et je verrai clair; libre à vous alors de proclamer le petit journal mal écrit et mal pensé, car j'aurai été distrait et par les conversations peu intéressantes des joueurs de domino et par les plaisanteries grossières des garçons.

Donnez-moi près de ma demeure un lieu consacré à l'étude où je puisse réfléchir en paix, où je puisse travailler sans distraction, et je vous l'assure, le petit journal, et la littérature, par conséquent, y gagneront cent pour cent.

Il est bien entendu que le *je* n'a ici aucun sens personnel et que nous ne voulons en faire aucune application particulière.

Car après tout, nous ne parlons pas seulement au nom des jeunes.

N'est-il pas des hommes de cinquante et de soixante ans qui aimeraient à trouver sous leur main ces vieux amis, livres et auteurs, qui marquent dans le passé tous les pas de l'esprit humain?

Allez leur demander, ils vous répondront.

Posons donc les prémisses suivantes :

De nombreux quartiers à Paris sont privés d'un lieu pareil à la bibliothèque Sainte-Geneviève.

Il est indispensable pour l'utilité de chacun, comme pour le progrès des connaissances générales, de suppléer à cette omission.

C'est ce à quoi nous nous sommes appliqués.

Veuillez nous accorder un peu de patience; nous arrivons au vif de la question.

III

LE PROJET

Pour la facilité de la démonstration, nous nous attacherons à un seul quartier. Prenons par exemple les habitations comprises dans le cercle Montmartre, Batignolles, les rues Notre-Dame-de-Lorette, Pigalle et du Rocher.

Il s'agit donc de créer au centre de ce cercle une bibliothèque ouverte le soir et dans laquelle on puisse venir gratuitement étudier et travailler.

Il est entendu que la même démonstration s'applique à tous les quartiers excentriques.

D'abord, expliquons-nous une bonne fois sur ce que nous entendons par le mot de bibliothèque.

Il existe à Paris des cercles ou les initiés ont à leur disposition livres et journaux.

Est-ce là ce que nous entendons établir.

Non, attendu que nous voulons l'accès gratuit, sans distinction de caste, ni de profession, sans nécessité de présentation, sans absorption de rafraîchissements.

L'incident est vidé : passons à un autre.

Une bibliothèque est réputée devoir contenir des livres précieux, rares, parfois d'un intérêt médiocre, mais d'une valeur certaine : elle doit chercher à s'approprier les Aldes, les Estiennes, et les Elzeviers de tout âge et de toutes formes.

Est-ce là le but de notre brochure?

Vous ne le croyez pas, puisque nous vous déclarons que notre but est de créer, non un lieu de plaisance pour les bibliophiles, mais un cénacle pour les travailleurs sérieux : nous ne nous adressons pas à ces gastronomes de la librairie pour qui une édition antique est un repas succulent, et qui s'inquiètent peu de l'esprit du livre pourvu que la lettre porte bien le caractère de l'authenticité.

Nous considérons la Bibliomanie comme une *amusette* littéraire.

Conclusion :

Notre Bibliothèque contiendra tous les livres d'un usage journalier, toutes les œuvres qui peuvent être d'un secours réel au travailleur consciencieux : c'est dire qu'elle réunira, autant du moins que ses ressources le lui permettront :

Les littératures française et étrangère, moderne et ancienne :

L'histoire ;

La morale et la philosophie ;

L'économie sociale et politique ;

Les sciences abstraites ;

La linguistique.

Parmi les publications modernes, elle rejettera les romans, et autres œuvres *d'humour* (autrement dit de *blague*).

Un ouvrage ne sera acquis que lorsque l'utilité réelle de l'achat aura été bien constatée et reconnue.

Ainsi, en nous reportant aux dernières publications, nous élaguerons *Jessie* et *Sylvie*, pour acheter *la Guerre et la Paix*.

Lorsqu'une question intéressante se produira, on s'attachera à réunir les éléments qui pourront servir à l'étudier.

Le fonds premier une fois réuni, on s'efforcera d'augmenter la Bibliothèque des ouvrages offrant un intérêt réel sur les questions d'actualité.

En un mot, nous voulons former un fonds sérieux, contenant, autant que possible, tout ce qui peut être utile à l'étude, tout ce qui peut aider un travail consciencieux.

Ajoutons un dernier mot :

Nombre de gens, occupés d'un travail d'imagination, viendront à notre Bibliothèque, uniquement pour être tranquilles : ils seront les bien venus.

Donc, vous tous :

Vous, homme de science, qui avez besoin de consulter les œuvres de Gassendi, de vous reporter aux recherches de Newton ;

Vous, poète, romancier, qui voulez étudier les maîtres, Dante, Shakespeare, Corneille et Hugo ;

Vous, aspirants à la science sociale, qui voulez comparer les idées de Malthus, de J. B. Say, de Dutens, de Droz, à celles de Garnier, ou de Proudhon ;

Vous enfin, qui ne demandez que le calme nécessaire à la spéculation ;

Venez à nous, nos chaises vous attendent, prenez nos livres, aspirez notre air, nos portes vous sont ouvertes ;

Nous avez-vous bien compris ?

En un mot, faites un soir le voyage de la Bibliothèque Sainte-Geneviève : là vous venez accoudés à de longues tables plusieurs centaines de jeunes gens, réfléchissant, compulsant, vivant par toutes les facultés animiques, et alors vous apprécierez pourquoi nous avons cru utile de créer à votre porte un semblable *refugium*.

IV

DE LA THÉORIE A LA PRATIQUE

Ah ! l'Exécution, voilà la grande question „ le point épineux ! Il nous faut descendre de la spéculation à l'application ! Le pas est difficile à franchir.

Cependant essayons.

Deux voies se présentent :

L'une, c'est de réclamer l'intervention du Gouvernement, de lui faire comprendre l'utilité et les avantages d'une semblable fondation.

Il est évident que le Gouvernement pourrait facilement et à peu de frais résoudre le problème. Rien de plus aisé que d'établir dans un certain nombre de mairies des succursales de la grande Bibliothèque ; il lui suffirait d'en distraire quelques livres ; quant à l'emplacement, il l'a sous la main. Pour le personnel qui n'a pas besoin d'être considérable, ce serait une dépense insignifiante à appliquer au budget de l'instruction publique.

Mais, avouons-le franchement, nous ne nous sentons aucun désir de réclamer à tout propos l'aide gouvernementale, et moins que partout dans les choses de l'esprit. Nous ne sommes pas les seuls à penser ainsi et l'Etat ne peut nous savoir mauvais gré de vouloir lui épargner un nouveau souci.

Tant d'autres n'ont pas les mêmes scrupules et se reposent sur lui du soin de toutes choses.

Reste l'initiative individuelle.

Expliquons-nous :

Il s'agit de réunir en un groupe tous les individus dont nous avons tenté de définir les besoins et les aspirations, de les amener à comprendre l'importance de la mesure que nous provoquons, et à contribuer à sa réalisation, chacun dans la mesure de ses moyens.

Toute la question se résume donc en deux mots :

Ces individus sont-ils en nombre assez considérable pour qu'il puisse sortir de leur association quelque chose d'effectif.

Voyons d'abord quel est le but, et s'il est aussi difficile à atteindre qu'on pourrait le croire.

Quels éléments constitutifs sont indispensables à l'organition de notre bibliothèque ?

Ce sont :

1° Un local ;

2° Des livres ;

3° Le matériel ;

4° Le personnel ;

5° L'éclairage, le chauffage, etc.

Procédons par ordre :

1° LE LOCAL.

Il est bien entendu que pour commencer nous n'aspirons pas à posséder des salles aussi vastes que celles des bibliothèques de l'Etat. Rappelons le vieux dicton : *chi va piano va sano.*

Donc nous nous contenterons d'un rez-de-chaussée de six à sept pièces, à cloisons mobiles qui puissent s'enlever facilement ; dans les quartiers que nous avons en vue et sur lesquels nous avons toujours raisonné, le prix de ce local serait de mille francs par an.

2° LES LIVRES.

On peut s'en procurer par deux moyens.

Disons-le tout de suite, notre intention est de faire appel à une souscription.

Nombre de travailleurs n'ayant pas à leur disposition une somme, si modique qu'elle soit, qu'ils puissent distraire de leur budget quotidien, trouveront au contraire toute facilité à apporter leur cotisation en nature, c'est-à-dire en livres, et en cela nous ne nous avançons pas trop, car cette offre nous a déjà été faite par la plupart des personnes auxquelles nous en avons parlé.

Nous trouverons ainsi tous les ouvrages d'un usage courant : la littérature française, c'est-à-dire Racine, Corneille, Voltaire, etc.; la littérature étrangère, c'est-à-dire le Dante, Gœthe, Shakespeare, Cervantes; les auteurs anciens, Homère, Virgile, Tacite.

Il est bien convenu que ces livres ne seront pas donnés, mais seulement prêtés à la bibliothèque pour un certain temps déterminé; le conservateur en délivrera reçu comme d'un dépôt et engagera ainsi sa responsabilité personnelle, s'obligeant à l'expiration du délai pour lequel les livres lui auront été confiés à les restituer ou à tenir compte de leur valeur.

Ce sera une garantie de plus du soin que le conservateur devra mettre dans l'économie de la bibliothèque.

Quant aux autres livres, il s'agit de les acquérir.

C'est la question la plus ardue.

Les calculs auxquels nous nous sommes livrés établissent qu'avec une somme de deux mille francs environ, on parviendra sans difficulté à pourvoir la bibliothèque de son fonds premier, soit de la majorité des ouvrages indispensables.

Nous en revenons ici à la cotisation volontaire dont nous avons parlé.

3° LE MATÉRIEL.

De longues tables de bois blanc, des chaises et des rayons fermés : tous ouvrages de la menuiserie la plus élémentaire, et que nous estimons à huit cents francs environ.

4° LE PERSONNEL.

Voici comment nous proposons de l'organiser. Il se composera de trois personnes :

Le conservateur, fonction complétement gratuite, qui consistera dans la gérance des fonds de l'association sous la surveillance immédiate et personnelle de chacun des souscripteurs;

Le livre de caisse devant être ouvert à toute personne qui justifiera d'un apport quelconque, livres ou argent;

Le conservateur rédigera le catalogue, s'occupera du classement des livres, proposera à ses adhérents l'achat des ouvrages nouveaux qui lui paraîtront de quelque utilité, et prendra, en général, l'initiative de toutes les mesures qui pourront concourir à l'amélioration de la bibliothèque.

Lorsqu'il en sera temps, nous ferons connaître dans quelles limites et sous quelles réserves nous croyons que cette initiative doive s'exercer.

Il conviendra aussi de définir d'après quelles règles sera désigné et élu ce conservateur.

De nos trois employés, le second sera le surveillant : celui-ci devra passer sa soirée à la bibliothèque, faire remettre à chaque travailleur les livres demandés et en opérer le retrait.

Voici ce que nous avons imaginé à ce sujet :

Supposant un groupe de deux cents souscripteurs, il sera convenu que chacun d'eux fera, à tour de rôle, une semaine de service, soit une semaine en *quatre ans*, ce qui, en réalité, n'astreint pas à une sujétion bien gênante. Cette fonction sera également gratuite.

Enfin, le garçon de bureau ; ce dernier passera tous les soirs quatre ou cinq heures à la bibliothèque, et pour ce service, il lui sera alloué 50 fr. par mois, soit 600 fr. par an.

Son rôle consistera à prendre les ordres des travailleurs, à les transmettre au surveillant qui lui désignera la place du livre demandé, et enfin à le remettre au lecteur.

De plus, il veillera à ce que nul ne sorte muni d'un des livres de la bibliothèque.

Et comme le surveillant ne sera nullement initié, en raison de la courte durée de son service, à l'économie intérieure de la bibliothèque, ce service sera organisé de la manière suivante :

Le catalogue indiquera chaque ouvrage et un numéro d'ordre y afférent ; ce numéro se trouvera reproduit au dos du volume.

Sur la demande du garçon, le surveillant, après une recherche au catalogue, lui désignera le numéro qui servira à trouver le livre sans effort.

Le surveillant tiendra note des numéros sortis et en fera l'appel un quart d'heure avant la fin de la séance : les livres une fois rentrés, le garçon les rangera à leur place, et le rôle du conservateur consistera à vérifier, chaque jour, si tous les livres sont à leur rayon.

5° L'ÉCLAIRAGE ET LE CHAUFFAGE.

Nous évaluons cette dépense, y compris les premiers frais d'installation, à 1,000 fr. réduits à 800 fr. pour les années suivantes :

Faisons le total des frais :

Loyer. . . . . . . , ...	1,000 fr
Livres.	2,000
Matériel.	800
Personnel.	600
Éclairage et chauffage	1,000
	5,400 fr.

Soit **CINQ MILLE QUATRE CENTS FRANCS** à réaliser par une cotisation.

Est-ce là un résultat impossible à atteindre?

Le problème est celui-ci :

Trouver dans un rayon contenant cent mille habitants, cinq cents personnes disposées à mettre au service de ce projet, de 5 à 15 fr.

Pour nous, nous pensons que cette idée est réalisable. Elle peut être susceptible d'améliorations; nous sommes les premiers à le reconnaître.

Nous accueillerons avec plaisir toutes les observations que l'on voudra bien nous adresser.

Mais, qu'on le comprenne bien, il y a là un moyen de montrer toute la vivacité de la force intelligente dans notre pays.

Parvenons à établir ces bibliothèques par la seule énergie de notre initiative personnelle, et nous aurons rendu au publicpa risien un double service :

Nous aurons rempli une lacune importante par un établissement d'une utilité réelle.

Nous aurons prouvé que l'esprit humain est toujours vivant, ardent, et que chez certaines âmes il existe toujours une passion que rien ne peut assouvir, la passion du travail.

Donc, nous vous livrons notre idée.

Jugez-la.

Et puissiez-vous lui être sympathiques.

JULES LERMINA.

Toutes communications devront être adressées à M. LERMINA, 47, boulevart des Batignolles.

www.ingramcontent.com/pod-product-compliance
Lightning Source LLC
La Vergne TN
LVHW010052060726
842524LV00006B/2154